Attention, chien gentil !

Jean Roba est né en 1930 à Bruxelles, une ville où il a toujours vécu. Il travaille d'abord dans la « réclame » puis, à la fin des années 50, mordu par le virus, il publie sa première bande dessinée dans le journal de Spirou : Tiou le Petit Sioux.
Boule et Bill naissent dans ce même journal, le 12 décembre 1959, sous forme d'un minirécit, *Boule contre les minirequins*. Un an après, devant le succès de ses petits personnages, Roba se lance dans l'incroyable défi du gag hebdomadaire et il n'arrêtera plus.
Plus de quarante ans ont passé, mais Boule et Bill n'ont pas pris une ride !

En 1986, **Fanny Joly** publie son premier livre de jeunesse. 150 titres suivront, pour les petits comme pour les plus grands, publiés dans les meilleures collections. Ses livres se sont vendus à plus d'1 500 000 exemplaires en France et sont traduits en 20 langues. Elle a remporté 25 prix littéraires. Elle est également scénariste et dialoguiste ; deux de ses séries ont été adaptées en dessin animé.
Son humour et sa verve font un excellent ménage avec l'univers de Boule et Bill.
Fanny Joly vit à Paris avec son mari et ses trois enfants.

Collection dirigée par Laurence Kiefé

Conception graphique : studio Mango
© 2004 Studio Boule et Bill (Dargaud-Lombard SA)
© 2004 Mango Jeunesse, Paris
Loi n° 49.956 du 16 juillet 1949 sur les publications destinées à la jeunesse
Dépôt légal : mai 2004
ISBN : 27404 1790 X
Imprimé en France par PPO Graphic, 93500 Pantin

Boule & Bill

Fanny Joly

Attention chien gentil !

d'après

Les aventures de Boule et Bill
de Jean Roba

BiBLiO MANGO

B, comme Bill

Je me présente, mon nom est Bill et je suis un chien. Un cocker, s'il vous plaît ! Vous savez, ces chiens roux très-très-très intelligents (tout à fait moi…) avec de magnifiques oreilles. Mais je ne suis pas un cocker comme les autres ! Ceux qui me connaissent le savent et les autres ne vont pas tarder à le découvrir : je suis un chien hors du commun. Pourquoi ? D'abord, parce que je pense, moi ! Je n'arrête pas ! Ce n'est pas tout : je sais lire et écrire, aussi ! Et j'ai décidé de raconter ma vie. Alors préparez-vous à en lire de toutes les couleurs parce que ma vie ce n'est pas « cou-couche-panier et compagnie », plutôt le contraire !

Si vous voulez me rencontrer, il faut venir rue Dugag. C'est là que j'habite avec Boule, mon garçon (il m'appelle son chien, je peux bien l'appeler mon garçon, non ?), Papa, Maman et... Caroline, la tortue de la famille (et de mon cœur,

mais n'en parlez pas : Caroline et moi on n'a pas envie que tout le monde nous traite de « Ouh les z'amoureux » !).

Un garçon étonnant, ce Boule. Je l'adore. Avec lui, les jours se suivent, mais ne se ressemblent jamais !

Quand je dis que j'adore Boule... En fait, ça dépend des jours. Hier par exemple, je ne l'ai pas adoré du tout.

En plein milieu de l'après-midi, brusquement, je ne sais pas ce qui lui a pris. Alors qu'un grand soleil brillait et que le jardin nous tendait les bras, mon garçon s'est assis sur le canapé du salon et il s'est plongé... dans le dictionnaire.

Incroyable mais vrai ! (A mon avis, M. Gomu, son intraitable instituteur, lui avait encore collé un zéro en français et Boule espérait se rattraper...)

Bref, il feuilletait le gros volume, l'air concentré, en m'expliquant d'un ton savant :

— Tu sais, Bill, c'est passionnant le dictionnaire, on apprend des milliards de choses...

Comme si je ne l'avais pas lu avant lui ! Je me suis mordu les babines pour ne pas rigoler. C'est alors qu'il m'a proposé :

— Tu veux que je regarde si tu y es ?

Moi, Bill, dans le dictionnaire ? Voilà une excellente idée ! Et dire que je n'ai jamais pensé à vérifier à la lettre B. Je suis décidément trop modeste...

— Cochon... Cochonnerie... Cochonnet... Ah, voilà ! a marmonné Boule.

UN COCKER DANS LE DICTIONNAIRE ÇA N'AURAIT RIEN D'EXTRAORDINAIRE !

L'animal ! Il me cherchait à « cocker », comme si j'étais un Bill ordinaire. J'ai accusé le coup sans broncher.

— Cocker, nom masculin, vient de l'anglais « cocking », qui signifie chasse à la bécasse. Race de chiens à poils longs, à oreilles très tombantes..., m'a annoncé mon garçon.

« Très tombantes », mes oreilles ? Première nouvelle ! Et pourquoi pas « dégoulinantes » pendant qu'on y est ? Je les ai redressées, agitées, ondulées

pour faire admirer à Boule leur chic typiquement britannique... Mais il ne faisait pas attention. Il avait à nouveau le nez dans son maudit dictionnaire. Il était parti sur une nouvelle idée : chercher la définition du mot « bécasse ». Il a fini par la trouver. Moi, je la connais depuis longtemps. Lui, il a explosé de rire en la découvrant :

— Hi hi hi ! Ha ha ha ! « Bécasse : oiseau échassier migrateur au long bec. Au sens familier : une bécasse est une sotte, une nigaude ! » Tu sais après quoi tu cours, Bill ? Des sottes, des grosses so-sottes, c'est marqué dans le dico de Papa !

Je suis patient, mais il y a des limites. J'ai grogné, de plus en plus fort... Mon garçon n'avait pas l'air de comprendre l'avertissement. Il continuait avec ses « hi hi » et ses « ha ha ». Alors ce qui devait arriver est arrivé : j'ai explosé.

J'ai bondi sur le canapé et en trois coups de crocs bien plantés, j'ai réduit le dictionnaire en dentelle de charpie de confettis...

Boule a cessé de rigoler.

Je n'ai rien contre les dictionnaires. Juste contre certaines manières de s'en servir... On verra leur tête le jour où, dans leur prochain dictionnaire, à la lettre B, ils trouveront : « Bill : cocker hors du commun habitant rue Dugag... »

Quoi ? Ça n'aurait rien d'extraordinaire !

La paix et les os

Moi, Bill, je ne suis pas exigeant pour deux os, comme chien.

Je ne demande pas la lune, juste la paix ! Et c'est quoi, la paix, pour un cocker (surdoué) comme moi ? Pas grand-chose : jouer, courir, sauter partout à volonté, lancer des balles, parler aux oiseaux, prendre le moins de bains possible (j'ai le savon en horreur !), enterrer tranquillement mes réserves dans le jardin (mettons, une ou deux centaines d'os par semaine), histoire d'avoir toujours quelque chose à me mettre sous les crocs, et bien sûr, pratiquer le plus souvent possible mon sport favori : la sieste.

Eh bien, croyez-moi si vous voulez, ce petit programme tout simple, j'ai un mal de chien (c'est le cas de le dire) à le réaliser.

L'autre dimanche, par exemple, j'ai cru devenir enragé. Papa, Maman et Boule ont eu la bonne idée de partir dès le matin se promener. « Waouffff, bonne affaire ! » me suis-je dit en m'enfonçant mollement dans le canapé du salon. (J'adore mon garçon et ses parents, mais parfois, j'ai vraiment besoin de me reposer !)

Un quart d'heure plus tard… Je venais à peine de fermer une paupière quand on a sonné à la porte. Je n'ai pas bronché. « Faisons le mort, la personne va se décourager. » La personne ?

Manque de chance, c'était Mme Stick ! La calamité sur pattes qui habite la maison d'à côté. Se décourager, elle ? Jamais ! Elle est capable de décourager toute une rue, tout un quartier, toute une armée, mais celui qui la découragera, il n'est pas né !

— Hou hou ! Pourriez-vous me prêter du lait ? C'est dimanche, l'épicerie est fermée et Caporal n'a rien à manger !

(Du lait pour son chat, en plus ? Je ne peux pas le flairer, cet infect matou…)

J'ai eu beau me mettre tous les coussins du canapé sur la tête, j'entendais quand même la voisine ! Elle a continué comme ça un bon bout de temps avant de s'en aller en pestant :

— Pffft ! Ils font les sourds ! Et je parie qu'ils n'achètent même pas de lait : ils ont un chien !

(Et Boule, alors, il prend quoi, au petit déjeuner, hein ?)

Un quart d'heure plus tard… Je me remettais tout juste de cet assaut quand on a sonné à nouveau. « Au secours, la mère Stick revient ! » Je me suis planqué sous le canapé. Mais cette fois, c'était une voix d'homme.

La police ! Encore cet inspecteur qui vient réclamer la taxe sur les chiens que Papa et Maman ne veulent jamais payer ! (Moi, je trouve normal de payer pour posséder un fabuleux animal comme moi…) En tout cas, j'ai eu la truffe creuse de ne pas me montrer ! Ils pourront toujours raconter à la police qu'ils n'ont pas de chien : vu comme je suis connu dans le quartier, ça m'étonnerait qu'on les croie…

Un quart d'heure plus tard… Je m'assoupissais à peine quand une sirène m'a fait bondir. J'ai couru coller mon œil à la serrure. Nom d'un os ! Un méga camion de pompiers était garé devant la grille et un brigadier surexcité courait vers la maison, une hache à la main, en criant :

— Déroulez le tuyau ! J'attaque la porte !

Hein !?! Qu'est-ce que c'est encore que ça ? Il n'y a pas plus de feu que de beurre en os chez moi ! Le cinglé a brandi sa hache. J'ai hurlé à la mort. Il a hésité… Coup de chance, pile au même instant, un jeune pompier s'est précipité pour lui dire d'arrêter parce qu'il y avait erreur d'adresse.

Demi-tour, ils se sont envolés plus vite qu'un Canadair au-dessus d'un incendie de forêt.

Un quart d'heure plus tard… Je commençais enfin à entrer douce-ment dans cet état de sieste (bien mérité) que j'aime tant quand, tout à coup, j'entends farfouiller dans la ser-rure. Je soulève le rideau et qu'est-ce que je vois ? Malheur ! Deux cambrio-leurs ! Mes pattes se sont transformées en mou pour chats… J'ai aboyé comme j'ai pu et ils ont décampé illico.

Pas mal pour un cocker terrorisé, non ?

Un quart d'heure plus tard… Je savourais encore mon exploit quand la porte s'est ouverte sur Papa, Maman et Boule :

— Alors, Bill, bien dormi ? ils m'ont demandé, en chœur et la bouche en cœur.

Heureusement que je ne suis pas rancunier, sinon je les aurais mordus !

Chaud le chien !

Ce n'est pas de tout repos d'être le chien d'un garçon comme Boule. Quand je vous dis qu'il n'en rate pas une, vous allez voir que je n'invente rien. Il faut que je vous raconte ce qui s'est passé mercredi dernier. Boule avait invité Pouf, son meilleur copain. Wououououof, celui-là, dès que je vois sa casquette à l'horizon, je suis sur mes gardes. Sous sa frange en forme de balai-brosse, on ne sait jamais ce qu'il mijote, le Pouf, mais il en mijote, croyez-moi ! Et les idées de Boule multipliées par celles de Pouf, ça donne des résultats que même les meilleurs professeurs de mathématiques ne pourront jamais calculer…

Donc, j'étais tranquillement vautré sur le canapé du salon, en train d'attaquer un petit roupillon, lorsque Boule et Pouf se sont amenés, en crabe, avec des yeux de velours (je parle des yeux de Boule parce que ceux de Pouf, sous sa frange-balai, on ne les voit pas, je me demande même comment il ne se cogne pas aux murs, il doit avoir un radar quelque part…).

J'ai ouvert un œil. J'aurais peut-être mieux fait de le garder fermé : ils ont illico commencé à me gaver les oreilles… Bla bla bla… Ils parlaient chacun leur tour… Bla bla bla… Comme un duo de clowns, mais pas drôles… Bla bla bla… Une histoire d'entreprise qu'ils allaient monter… Bla bla bla… Qui allait casser la baraque… Bla bla bla… Bla bla bla…

Je me suis enfoui la truffe sous les coussins pour leur montrer que leur blague ne me faisait pas rire pour deux os. Il y a eu un moment de flottement. Ils se sont regardés en chiens de faïence (hi hi hi), et Boule a murmuré :

— Et bien sûr, tu serais payé…

Enfin un mot intéressant ! Payé ? En quelle monnaie ? Promenade ? Rab de croquettes ? Chasse au chat organisée ?

— … Mettons, deux os à moelle par mois ! a hasardé mon garçon.

— … Oh, on pourrait même aller jusqu'à quatre ! a renchéri son copain.

Quatre os à moelle par mois ! A ce tarif-là, je veux bien faire tous les métiers ! J'ai sauté du canapé pour leur lécher les mains et les pieds. Affaire empaquetée !

Ils m'ont emmené dans le garage et ils ont refermé la porte :

— Vise un peu, Bill, la merveille de technologie ! m'a lancé Boule, tout fier de lui.

— T'as jamais vu ça de ta vie, pas vrai ? a ajouté Pouf, triomphant.

Jamais vu ça, en effet ! Ils avaient bricolé l'ancienne tondeuse de Papa en… machine à hot-dog* ! Véridique ! Avec un grill à la place des lames, une cheminée sur le capot (juste à hauteur de truffe), et devant, la réserve pain-saucisses-moutarde dans le panier pour

---

* En anglais, *hot* veut dire « chaud » et *dog* « chien ». Un hot-dog, pourtant, ce n'est pas un chien chaud mais une saucisse dans un petit pain !

l'herbe coupée ! L'odeur des saucisses me chatouillait le museau, j'ai voulu en tâter une ou deux… Pan ! Je me suis pris une tape par Pouf. C'est ça être un associé dans l'entreprise ? On ne peut même pas tester les produits ? Je l'avais mauvaise !

Mais ce n'était que le début ! Boule m'attendait avec deux espèces de coussins-boudins en tissu marronnasse. J'ai commencé à grogner sec.

— Chut, Bill, regarde comme tu vas être un beau hot-dog ! m'a lancé mon garçon.

Là, j'ai compris l'embrouille : leur « entreprise », c'était de vendre des hot-dogs et moi, dans l'affaire, j'étais le chien-saucisse chargé d'attirer les clients !

Je suis loyal comme chien, je n'allais pas me défiler… Et puis la perspective de toucher mes os à moelle me donnait du courage… Le malheur, c'est que les os, je n'en ai pas vu la couleur. Pourquoi, à votre avis ? Eh bien, parce que l'entreprise Boule-Pouf n'a pas vendu un seul hot-dog !

Je me suis vengé sur les saucisses, je les ai toutes mangées !

© Roba 1990
1047 B.

Chats m'énervent

Dans ma vie de cocker, il y a un point noir. Et pas seulement noir, d'ailleurs, mais aussi jaune, roux, tigré, blanc, tacheté... : je veux parler des CHATS ! Le quartier en est infesté. Ils sont toute une bande, autour de Caty, la chatte du boucher (moi je l'appelle Caty-la-Cata), qui se prend pour une star avec ses rayures pyjama et ses yeux couleur grenouille, de Voyou, le matou errant, qui porte rudement bien son nom, de Momo, le chat du coiffeur, dont le pelage ressemble à un brushing raté... J'arrête la liste sinon je risque la crise d'allergie. Dès que je mets le nez dehors, je les vois traîner autour des poubelles ou ricaner sur les palissades de chantier. Et quand je rentre chez moi, ce n'est pas fini : je tombe sur Caporal, l'abominable chat de Mme Stick, notre T.P.V.V.M. (ça veut dire : notre Terriblement Pénible Voisine Veuve de Militaire, c'est le diminutif que je lui ai inventé, ça lui va comme un béret à un adjudant).

Une calamité, ce Caporal ! Toujours à

roder autour de ma haie, à essayer de chiper quelque chose, à embêter mes copains les oiseaux... Plus capricieux, plus sournois, plus feignant que ce chat-là, je n'ai jamais vu. Manque de chance, je le vois tous les jours ! Quand il me passe à portée de patte, croyez-moi, je ne le rate pas. Mais inévitablement, il revient, sans bruit, comme un vilain félin qu'il est. Forcément, il s'ennuie chez lui, tout seul avec la mère Stick...

L'autre samedi, je me prélassais tranquillement au soleil quand j'entends « ffrrtt ffrrtt ». Je lève la truffe et qu'est-ce que je vois ? Quatre oreilles de chats, deux jaunes et deux noires, qui dépassent de ma plate-bande de marguerites... Caporal et Caty-la-Cata ! Qui viennent me défier chez moi, sur mon gazon ! Gggrrrr... Ni une ni deux, je fonce sur eux et je les coince contre le recoin du muret.

— Qu'est-ce que vous fichez ici ?

— Tsss... T'es de la police ? siffle Caporal.

— On se promène en amoureux..., miaule Caty.

— Vous savez ce que je leur fais, moi, aux amoureux dans votre genre ?

Je ne leur ai pas laissé le temps de répondre. J'ai déclenché le rodéo fatal,

zigzag gauche entre les rosiers, zigzag droite sous le cerisier, en avant vers la porte du garage, en arrière contre la barrière... Sauve qui peut : Caporal a lâché sa fiancée vite fait pour se carapater chez lui (bonjour le courage et la galanterie) ! Du coup, Caty a paniqué. La queue en plumeau, la langue pendante, elle a grimpé en haut du chataîgnier en lançant des miaulements de détresse. Boule est sorti de la maison. Avant que j'aie le temps de lui aboyer de la boucler, il a crié :

— Papa ! Y a un chat bloqué dans l'arbre ! Faut appeler les pompiers !

Papa est arrivé, un sourire de jeune homme aux lèvres :

— Pourquoi les pompiers ? Je m'en charge ! N'oublie pas que tu parles à un ancien champion d'escalade, fiston !

Il s'est agrippé au chataîgnier. Ses chaussures dérapaient sur le tronc. La sueur dégoulinait de son front. Dans la catégorie champion d'escalade, il avait l'air très-très ancien...

— Wouf ! C'est plus dur que ce que je croyais..., il a pesté.

Il a quand même réussi à s'accrocher. Caty-la-Cata le regardait, hésitante. Papa s'est hissé sur une branche en soufflant comme une locomotive. La chatte n'a pas attendu la suite : elle s'est laissée dégringoler le long du tronc en se servant de sa queue comme balancier. Trois secondes plus tard, elle avait disparu...

Papa, lui, était bel et bien coincé en haut de l'arbre. Sans balancier. Et sans forces, le pauvre vieux champion. Il ne lui restait que sa voix pour supplier :

— Je n'en peux plus ! Aidez-moi à descendre...

Finalement, vous ne devinerez jamais comment on s'en est sortis : Boule a appelé Maman... qui a appelé les pompiers. La honte ! Et ce qui m'a fait le plus enrager, c'est de voir la T.P.V.V.M. et son maudit Caporal, morts de rire à

leur fenêtre, en regardant Papa, confus
et honteux, descendre de la grande
échelle entre deux soldats du feu.

Au tatami !

Je ne sais pas si c'est la même chose pour vous, mais certains jours, dans ma vie, tout se complique. Hier était un de ces jours-là. Ça a commencé dès le matin. J'ouvre un œil, je me traîne jusqu'à la cuisine : pas de croquettes dans ma gamelle de petit déjeuner !

La veille, Maman avait demandé à Boule d'aller en acheter mais soi-disant, il n'a pas entendu, il faisait ses maths… Résultat : qui a eu droit à du vieux pain trempé en guise de breakfast ? C'est Bi-bill, merci les amis ! J'en ai mâchonné trois bouchées, juste histoire de ne pas mourir de faim et je suis retourné dans ma niche, dépité… Du moins, c'était mon intention. En fait, je n'y suis jamais arrivé, dans ma niche. A peine je suis sorti de la maison, Papa m'a chopé par surprise. Je me suis retrouvé plaqué au sol, soulevé de terre… Maman attendait derrière, embusquée, avec le tuyau d'arrosage.

Cauchemar ! On était vendredi ! Le jour du bain, le jour haï ! Quand ils ont eu fini de me frotter, de me brosser, de me shampouiner et que j'ai enfin pu sauter dans la serviette que Boule me tendait, je ne sais pas ce qui m'a pris, je me suis mis à éternuer. Ça ne m'arrive quasiment jamais. Je suis super-résistant comme chien. A mon avis, c'étaient les nerfs.

— Oh ! Bill s'enrhume ! Il faut le couvrir ! a décrété Maman aussitôt. Ça tombe bien, je lui ai justement acheté un ravissant manteau noir et blanc, hier, en solde chez Toutouchic ! (Elle aurait mieux fait de m'acheter des croquettes.)

En moins de temps qu'il ne faut pour l'écrire, je me suis retrouvé couvert d'une espèce de pyjama zippé, scratché, fermé de partout, impossible à enlever…

De peur qu'ils inventent encore autre chose pour m'empoisonner la vie, j'ai décidé de sortir prendre l'air. Mauvaise idée. Au coin de l'avenue, sur qui je tombe ? Rex, le chien du poissonnier, flanqué de Clovis, le bull-dog de la fleuriste, une brute qui vendrait père et mère pour une saucisse.

— Ouaaaah ! Le Bill ! Le look ! La honte ! a démarré Clovis.

— Super-ringard ! a renchéri Rex.

Ce n'est pas un mauvais bâtard, ce

Rex, il m'arrive de passer de bons moments en sa compagnie, mais lorsqu'il est avec Clovis, il se croit vraiment tout permis... J'ai continué mon chemin. Les clébards ricanent, Bill passe. Le problème, c'est qu'ils m'ont suivi. En continuant de me lancer leurs vannes pourries. Etre affublé d'un costard ridicule, c'est déjà dur. Mais entendre deux crétins se payer votre tête en pleine rue, c'est carrément insupportable. A chaque pas, je

sentais mon niveau d'énervement monter. Au bout de dix mètres, je me suis retourné et j'ai hurlé :

— WATAKOMIKAZATOUKACHI !

Je ne sais pas ce que ça veut dire. J'ai entendu des judokas brailler ce genre de trucs à la télé. D'ailleurs, ce n'est pas moi qui aboyais. C'est la rage à travers moi. Ça a eu un effet magique. Rex et Clovis en sont restés muets, sidérés.

Du coup, mes forces ont décuplé. Prise, contre-prise, contrôle, immobilisation, clé de douze, projection, stran-

gulation : je leur ai fait les champion-
nats du monde de judo en résumé. Au
tatami, je les ai mis ! C'est bien simple,
il ne leur restait même plus la force
d'appeler au secours ni de grogner
pardon.

Dommage qu'il n'y ait pas un club
de judo pour cockers dans le quartier,
j'aurais bien aimé prendre une inscrip-
tion pour la prochaine saison.

Table des matières

BiBLiO MANGO

une collection pour les 6-13 ans

À partir de 7 ans

Le menteur
Jean-Loup Craipeau
Sandra Poirot-Chérif

La vérité sur les fessées
Martine Dorra
Clotilde Perrin

Les fantômes de Belleville
Thierry Jonquet
Éric Héliot

Robinson couteau suisse
Bruno Heitz

Poker Matou
Pierre Mezinski
Nancy Krawczyk

Magie noire et
pommes pourries
Olivier Ka
Frédéric Rébéna

Mes chères vacances
Christine Beigel
Clément Oubrerie

Le chien de 8 h 22
Jacques Delval
Irène Schoch

Martha Blabla
Susan Meddaugh

BARNABÉ
La nuit porte conseil
Philippe Coudray

La fabuleuse histoire
de la Cochonne Volante
Didier Lévy
Emmanuel Kerner

La Mobylette à soupe
Renaud Ambite

BOULE ET BILL
Une vie de chien
Quelle famille !
Fanny Joly
Jean Roba

collectionne les points
BiblioMango
et gagne des livres !

9 points **BiblioMango**
= 1 livre gratuit

●

Pour recevoir le dixième titre de ton choix,
découpe et colle tes neuf points sur une feuille.

●

N'oublie pas de mentionner ton nom, ton prénom,
ton âge et ton adresse complète
ainsi que le titre que tu as choisi
dans la collection BiblioMango.

●

Renvoie cette feuille à :
BIBLIOMANGO
4, rue Caroline - 75858 Paris cedex 17

BiBLiOMANGO
1 point